EDMOND BARRIER

A MES ENFANTS

ÉDITION REVUE ET CORRIGÉE

CHARTRES

Imprimerie Durand Frères, rue Fulbert

—

1881

A MES ENFANTS

EDMOND BARRIER

A MES ENFANTS

ÉDITION REVUE ET CORRIGÉE

CHARTRES

Imprimerie Durand Frères, rue Fulbert

—

1881

Chères filles! parents, vieux amis, c'est l'hommage

D'un cœur qui se souvient... aimant son bon village,

Sa patrie éprouvée! et fidèle au drapeau

De la liberté sage; ami du bien, du beau!

Fidèle au souvenir d'une épouse très chère!

Des femmes la meilleure, et la plus tendre mère!

Trop jeune, hélas! ravie à notre affection!

Mon Dieu! pourquoi sitôt la séparation?...

Dans quel but vivre, aimer? le bonheur, la souffrance?...

La vie est-elle un rêve, un mot la conscience?...

Non, ce n'est pas en vain que notre âme a l'espoir!

Le dernier cri n'est pas adieu! c'est au revoir!...

A MES ENFANTS

PREMIÈRE PARTIE

Le suprême secours de l'âme est la prière...
Pensez aux bons parents qui sont au cimetière,
De leur travail ardent vous goûtez les bienfaits !
Vos Aïeux, votre Mère y reposent en paix !

I

Gardez au fond du cœur, enfants, je vous en prie !
Vos regrets, votre amour pour l'Absente chérie !
Ma part d'affection, dont je suis bien jaloux !
Et la chère concorde aux services si doux.

Pendant ma vie, après... bien vite faites taire
Les funestes écarts d'un trop vif caractère !...
Ne laissez entre vous aucun nuage noir !!!
C'est mon plus grand désir et mon riant espoir...

Au nom de votre mère !... ô ! je vous en conjure,
Jusqu'au dernier soupir, que votre amitié dure !...
Agréable, charmante est l'union de sœurs !
De notre triste vie elle adoucit les pleurs...

Si dans le dur combat l'une n'est pas heureuse,
Montrez ce que peut faire une âme généreuse,

Une amitié d'enfance, un cœur plein de bonté,
En famille exerçant la solidarité...

Soyez, chères enfants, modestes, charitables,
Complaisantes pour tous, courageuses, affables !
La timide douceur n'exclut la fermeté
Bien utile aux moments sombres d'adversité...

Puissiez-vous allier l'utile et l'agréable :
Au sérieux du fond, l'air gracieux, aimable !
Réunir gentillesse et résolution...
De l'ordre précieux ayez la passion !

Appliquez-vous à bien tenir votre ménage ;
A la couture utile, ainsi qu'au repassage ;
Aux travaux d'agrément ; aux soins du pot-au-feu !
Variez vos plaisirs : faites de tout un jeu...

Trop doux sont les devoirs de la reconnaissance,
Pour ne pas leur jurer amour, obéissance...,

Les qualités du cœur sont le suprême bien !
Possédez bonne grâce et modeste maintien.

Gardez le souvenir de la bonne maîtresse
Qui dirige, redresse, instruit votre jeunesse !
Au prix de tant d'efforts, grave dans votre esprit
L'excellente leçon d'un auteur érudit.

N'oubliez pas non plus ces petites amies
Qui respirent votre air au dortoir endormies,
Partagent vos repas, vos devoirs et vos jeux !
Vous les regretterez, ces instants bienheureux...

·✳·

Aimez et cultivez les fleurs : le jardinage
Est l'ami bienfaisant des travaux du ménage !
Levez-vous de bonne heure, et quand le temps est beau,
Prenez le sécateur, la bêche ou le râteau.

Dérobez à nos champs, aux prés leurs fleurs charmantes,
Et respirez des bois les brises odorantes :

La marche, le grand air, la bonne humeur, l'entrain,
Sont la clé de ces biens : âme pure et corps sain !

·✳·

Suivez bien, mes enfants, les lois de l'hygiène!
Le moindre écart conduit à la fièvre, à la peine,
Il peut martyriser le reste de nos jours...
Pour prévenir le mal, à l'herbe ayez recours !

La médecine, hélas!... pour guérir, trop savante,
N'ordonne que poisons ! minéraux ! fi, la plante !
La palme est aux produits les plus pernicieux !
Celui qui les évite, heureux, cent fois heureux !...

·✳·

L'esprit se développe à la saine lecture !
Aux chefs-d'œuvre d'histoire ou de littérature
Des savants de nos jours et de l'antiquité
Luttant pour le progrès, le droit, la vérité!

Et la raison s'éclaire à l'étude attrayante
De la belle nature, insecte, ciel ou plante.

Dangereux toujours est le frivole roman,
Il dessèche le cœur, fausse le jugement.

·※·

Aimez Dieu juste et bon! suivez de l'Evangile
Le sage enseignement; et le sentier facile
De simple vérité, de justice et raison ;
Soyez par vos vertus l'ange de la maison!...

De l'austère devoir les esclaves fidèles,
Que le bien, par vos mains, enlève haut ses ailes!
Aux pauvres prodiguez votre appui, vos secours :
Du bonheur c'est la source! elle coule toujours!...

·※·

Aimez ce cher Courville! Aimez votre Patrie,
Comme on aime une mère... avec idolâtrie!
Elle demande honneur, probité, dévouement:
Dans votre cœur gravez ces mots, profondément!

Faites à son amour les plus grands sacrifices!
C'est le premier devoir, le prix de ses services...

Estimable est la femme aux efforts prévoyants
Qui forme dans ce but l'âme de ses enfants...

Sang de famille oblige autant que la noblesse !
Joignez la grandeur d'âme à la délicatesse,
Au respect des parents, à la foi des serments :
Votre excellente mère avait ces sentiments...

Epouse aimante et chaste et fille dévouée,
Par l'amour maternel si puissamment douée !
Bonne et fidèle amie, au cœur droit, généreux !
Suivez ce cher modèle... hélas ! loin de vos yeux !

Vie et mort, avenir, passé, tout est mystère...
A vos frères aimés Dieu rendit une mère...
Que l'espoir, mes enfants, calme votre douleur,
Nous nous retrouverons dans un monde meilleur...

II

Enlevé par la fièvre à vingt-sept ans ! son père
Ne fut pas connu d'Elle ! et sa très douce mère
A son veuvage ayant juré fidélité...
Voyait dans son enfant l'époux tant regretté !

Elle avait sa gaieté, ses bonnes réparties,
Son regard clair, profond, gagnant les sympathies !
Son front large, sa bouche, et les mêmes accents...
Qu'ils étaient heureux, fiers, ses bons vieux grands-parents ! ! !

Toujours première en classe ! au jeu ! dès son enfance
De sa mère elle était la joie et l'espérance !
De son profond chagrin la consolation !...

— Sainte femme au cœur triste et plein d'affection !

Si dévouée à tous ! la meilleure des mères !
Reçois l'expression de mes regrets sincères,
De ma reconnaissance et de mon amitié ! —
— Son amour maternel, j'en avais la moitié !

Je l'aimais comme ma bonne Mère !... —

                                        Rieuse,
Aimante et sérieuse, aimée et studieuse,
Au travail, au dessin, au style, elle excellait !
Je retrace pour vous son précieux portrait...

Française par le cœur, par l'âme et la pensée,
Elle était vive, franche et désintéressée,
Ayant l'amour du bien, le goût du vrai, du beau !
Que sur vous son esprit jaillisse du tombeau !...

III

De ma Mère chérie et de mon très bon Père
Elle devint la fille affectueuse et chère !
Unis dans le travail, la peine et l'agrément,
Nous étions tous heureux, nous aimant tendrement !

Ce souvenir si doux bien souvent m'accompagne !...
Ma sœur avait été de ses jeux la compagne,
Elles s'aimaient en sœurs ! Sa Mère, Grands-Parents
Témoins de notre vie intime, étaient contents !

Pas de bonheur parfait ! Au tableau de famille
Quelque chose manquait : l'avenir... garçon, fille !
En vain, pendant huit ans nous avons attendu...
Et votre frère aîné fut, en naissant, perdu ! ! !

Doux rêves maternels, la joie et l'allégresse
Adieu !... — C'est le début de l'ère de tristesse : —
Lorsque la Providence accomplit nos souhaits,
De notre char, la mort avait brisé les traits !...

« La cruelle » depuis, faucheuse impitoyable,
Sans trêve s'acquitta de sa tâche effroyable !
Votre Mère suivit nos parents, vos aïeux,
Dans l'immense inconnu qu'on appelle les cieux...

Et si je vous quittais ma tâche non finie,
— La vie à rien ne tient !... — sa mémoire bénie
Serait toujours présente, et guiderait vos pas !

Mes bons petits conseils, ne les oubliez pas !

SECONDE PARTIE

Que la philanthropie aux décrets tutélaires,
La Charité chrétienne et ses lois exemplaires,
Que la morale humaine aux attributions
Saintes, que le devoir, guident vos actions !

I

Pour compagne fidèle, ayez la bienveillance
Aux attraits enchanteurs ! Douceur et prévenance
Pour les vieillards courbés par des frimas nombreux,
Pour les êtres souffrants, pour tous les malheureux !...

Des justes vous aurez estime et sympathie,
Par la simplicité, l'honnête modestie !
Le naturel, l'esprit ingénu, la candeur
Et l'indulgence sont les ornements du cœur.

Nul être n'est parfait dans la nature humaine :
Glissez sur les défauts... des autres ! Que la haine
N'effleure pas votre âme ! Il faut tout pardonner,
Se connaître !... et toujours se perfectionner !

Quand le cœur est blessé par une grave offense,
Si d'un méfait indigne il veut tirer vengeance,
La réserve muette est l'unique moyen !
Et toujours pour le mal il faut rendre le bien...

L'existence a beaucoup de néfastes journées :
Soyez dans le malheur dignes et résignées !
Calmes dans le danger, patientes toujours...
Aux longues nuits d'hiver succèdent de beaux jours !

— Si jeunes, ô mon Dieu !... Déjà tant éprouvées,
Pauvres enfants !... —

     Soyez tranquilles, réservées,
Ayez du cœur !...

II

    Fuyez le redoutable écueil
De la vanité folle et du très sot orgueil !

Partout désagréable est la capricieuse !
La coquette légère et la prétentieuse !
Le moulin à parole, et la boudeuse au coin !
De ces graves défauts tenez-vous loin, bien loin !...

Dans l'esprit féminin la médisance affreuse
Se place trop souvent ! cette arme dangereuse
Ne peut être employée, avec ses deux tranchants,
Sans se faire bien mal ! N'y touchez pas, enfants...

L'horrible jalousie empoisonne la vie,
A bas! fi donc encor l'ignoble et sombre envie!
La noire ingratitude et ses moindres élans!
Le honteux égoïsme aux effets désolants!...

La rancune est toujours mauvaise conseillère...
Indigne est la vengeance, affreuse la colère!
Eliminez le ton, le geste et l'air moqueurs!
La sincérité règne avec les braves cœurs...

Dans la nature, tout se fond et s'harmonise!
Mieux vaut cent fois pécher par excès de franchise
Que de dissimuler : la pensée et la voix,
Inséparables sœurs, sont-elles sous deux toits?

Et lorsqu'on vous demande un chant, une lecture,
Ne mettez pas vos traits, votre âme à la torture!
Bien ou mal, avec grâce, à l'invitation
Répondez simplement; pas d'hésitation,

De fausse modestie!...

                  Eloignez, « mes chéries, »
Les dangereux flatteurs! Toutes les flatteries
Servent, dit Lafontaine, à vivre à nos dépens.
Suivez les bons conseils et dédaignez l'encens!

De la présomption rejetez les amorces!
L'extrême défiance en soi brise les forces!...
Dans un juste milieu savoir se maintenir,
C'est un gage assuré de tranquille avenir.

III

Ne négligez pas les lois de l'économie !
Des dépenses de luxe il faut être ennemie,
Songer à l'avenir ! Qu'il soit mince ou replet,
Par un sage excédent réglez votre budget.

N'augmentez pas « des ans l'irréparable outrage »
Par un laisser-aller... sans attrait !

                      En langage
Nulle vulgarité, pas d'affectation,
Ayez le naturel et la distinction.

Ne vous servez jamais de la formule altière
« Je veux ! » Quand, tout petit, je le disais, ma Mère

Ajoutait doucement : « Le roi dit : Nous voulons. »
D'histoire et de morale admirez ses leçons !

·✳·

Accueillez en riant la piqûre légère,
Le sarcasme ; cela forme le caractère !
Entre très bons amis l'accord n'est pas parfait :
— On n'y peut rien changer, le cœur est ainsi fait ! —

Du bon droit patient gardez le privilège !
Et lorsque de l'erreur vous tombez dans le piège,
Reconnaissez vos torts...
                N'interprétez jamais
En mal, un double sens, d'énigmatiques faits.

·✳·

Tout n'est pas rose dans la vie et le ménage :
Puisez dans la souffrance un plus ferme courage !
Estimez le bonheur, et dans l'adversité
Que la raison, l'espoir aient le meilleur côté.

La femme, à son époux, promet obéissance...
Plus d'un abuse, hélas ! de sa toute-puissance :

Renfermer son chagrin et sa confusion,
Employer la douceur, la persuasion.

J'impose, en certains cas, silence à ma pensée...
Un froid conseil devant l'âme bouleversée
Serait bien téméraire ! A vos devoirs profonds
Sont ajoutés plusieurs droits sacrés... Espérons

Que vous ne subirez ces cruelles épreuves !
De patience, enfants, donnez, donnez des preuves ! ! !
Le sage, résigné, se soumet au destin,
Et sait tirer parti des cailloux du chemin...

IV

Pour vos subordonnés, « ferme, mais juste », et bonne,
Le devoir est tracé !... Devant toute personne
D'un rang plus élevé, pas de servilité !
Un peu d'indépendance aide à la dignité !

Le mérite n'est pas dans la vaine richesse,
Dans les vieux parchemins du titre de noblesse !
L'honneur est au travail ! il élève, ennoblit !
A cet agent fécond la nature obéit :

Du cèdre gigantesque au brin d'herbe sensible,
Du colosse des mers à l'insecte invisible,
Jusqu'aux soleils lointains, atomes dans les cieux !
Tout-puissant il gouverne et remplace les Dieux...

✳

Il a pris l'eau, la houille au centre de la terre,
Pénétré le secret des lois de la lumière,

Aplani la montagne et réuni les mers !
Il produit, il transmet la foudre et les éclairs...

Pour accroître ses droits, nul pouvoir ne l'arrête :
Il a dompté la mer, il brave la tempête !
Et dans l'espace il court plus vite que le vent...
Sous l'immense glacier, au-dessus du torrent !

D'un bout du monde à l'autre il lance la parole !
Il reste au fond des flots ; dans l'atmosphère il vole,
Cherchant à dérober les secrets de l'oiseau !
Et bientôt sous la Manche on verra son drapeau...

Grâce à lui notre chère et malheureuse France
A reconquis son rang, recouvré sa puissance !
Puisse-t-il procurer aux peuples les bienfaits
Du droit... triomphant par l'universelle paix !

. . . .

Partout son œuvre sainte en traits ineffaçables !
Que l'esprit curieux doit d'instants agréables

A la chère écriture, au bon livre, aux journaux !
Par le verre béni que d'horizons nouveaux !...

Il enrichit le sol de merveilleuses plantes :
Belles fleurs, fruits exquis; récoltes abondantes !
Avec la pierre informe il construit des palais,
Et fait parler le marbre en séduisants portraits !

·✳·

Il a créé Paris, le hameau, la patrie,
Machines et métiers de toute l'industrie,
Le gracieux trois-mâts et le lourd cuirassé,
Et la faune fossile, histoire du passé !...

Les chiffres, l'éloquence ; histoire et poésie ;
Les beaux-arts, notre orgueil ! noblesse et bourgeoisie ;
L'ordre, ce grand moteur de la prospérité !
Notre indépendance et la chère liberté !

Observatoires, ponts, les grabats des chaumières,
Les meubles somptueux des demeures princières,

Le commerce et les lois ! J'en passe, et des meilleurs...
Gloire, amour au travail ! Courage, travailleurs !

Il moralise, éclaire ! Ame de la science,
Il protège, adoucit notre frêle existence !
Et du pauvre et du riche, arbitre souverain,
Il est le bienfaiteur, l'ami du genre humain. .

Entre les nations cimentant l'harmonie,
Du progrès, du bien-être il est le bon génie !
Et du chaos terrestre il fit un Paradis ..
Le Créateur lui-même à sa loi s'est soumis !

Mais il engendre aussi le fléau de la guerre :
Du conquérant barbare il guide l'âme altière !
Le mal en toute chose est à côté du bien :
Libre, l'esprit choisit...

    Ce que Dieu fit est bien !

V

Etre laborieuse, et gentille, et docile,
Bien guider l'amitié, suivre un conseil utile,
Et faire son profit d'une observation
Juste, c'est le chemin de la perfection !

Cette étape est si loin, l'accès si difficile,
Et le cœur imparfait des humains si fragile !
Que jamais ce but noble et sacré, trois fois saint,
Ici-bas ne sera par un mortel atteint !

Mais, plus l'obstacle est fort, plus grand est le courage !
Manœuvrer hardiment pour toucher le rivage
Et sauver ses papiers, ses braves matelots,
Est le plan du navire en danger sur les flots !

Si, malgré les efforts de la vapeur puissante,
Il se perd corps et biens dans l'onde mugissante,

Tout ce qu'il a pu faire il l'a noblement fait !
Advienne que pourra, l'honneur est satisfait...

·✳·

« *Que scais-je ?* » a dit Montaigne en philosophe sage !
« Je ne sais, » dit Guizot à son cher entourage !...
Dans le doute essayons de mériter un jour
La sagesse, la paix dans un autre séjour :

Ce bonheur idéal, c'est par la bienfaisance,
La justice, l'esprit de large tolérance,
L'amour du bien public et de notre prochain
Qu'on pourra l'obtenir du Juge souverain...

·✳·

La vertu, mes enfants, a le mot du problème,
Elle tient le secret de l'énigme suprême !
Si l'on a suivi droit le sentier du devoir,
La conscience, calme, attend... pleine d'espoir !

Chartres. — Imprimerie DURAND frères, rue Fulbert.

Chartres. — Imprimerie Durand Frères, rue Fulbert.

9 782014 064667